EL BARCO DE VAPOR

Pupi
y el ca

María Menéndez-Ponte

Ilustraciones de Javier Andrada

sm

www.literaturasm.com

Primera edición: junio de 2009
Octava edición: mayo de 2013

Dirección editorial: Elsa Aguiar
Coordinación editorial: Berta Márquez

© del texto: María Menéndez-Ponte, 2009
© de las ilustraciones: Javier Andrada, 2009
© Ediciones SM, 2009
  Impresores, 2
  Urbanización Prado del Espino
  28660 Boadilla del Monte (Madrid)
  www.grupo-sm.com

ATENCIÓN AL CLIENTE
Tel.: 902 121 323
Fax: 902 241 222
e-mail: clientes@grupo-sm.com

ISBN: 978-84-675-3448-1
Depósito legal: M-22959-2009
Impreso en la UE / *Printed in EU*

A mi hermana,
siempre niña, niña siempre.

Pupi ha escuchado
a una vecina cascarrabias
decirle a Conchi
que el señor del quinto
tenía la cabeza hueca,
y se ha quedado muy preocupado.
Aunque no sabe exactamente
en qué consiste esa enfermedad,
piensa que debe de ser terrible.

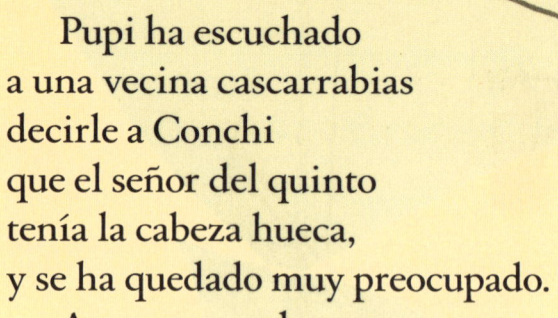

En cuanto llega al parque,
Pupi corre a consultarle a Nachete
la duda que tiene.

—Oye, Nachete,
¿tú sabes qué es *hueva*?

—La mujer del huevo
—responde él riéndose.

—¿El huevo tiene mujer?
—pregunta Pupi con toda su inocencia.

—Que no, hombre.
¿No ves que es una broma?

—Es que la vecina de enfrente
ha dicho que el señor que vive en el quinto
tiene la cabeza *hueva*.

—Será de huevo. ¿Es calvo?

—No, es otra enfermedad,
pero no me acuerdo.

    —¿Tiene pelo en la cabeza?

    —Solo alrededor, por arriba no.

    —Pues entonces es calvo,
lo que yo te decía.

–¿Y eso es grave?

–¡Qué va! Mi abuelo
también lo es y no pasa nada.
Anda, vamos a escondernos
en el hueco de la pirámide
para que Coque no nos encuentre.

–¡Ya me acuerdo!
–exclama Pupi triunfante–.
Es cabeza hueca.
¿Qué quiere decir eso, Nachete?

–Que está vacía,
que no tiene nada dentro.

11

–¿Y eso es grave?
–Uf, gravísimo
–dictamina su amigo.
Pupi está muy asustado,
su botón está morado.
–¿Y por qué no le metemos
algo dentro para que se cure?
¿Qué hay en la cabeza
de las personas?

Nachete sabe un montón
de dinosaurios,
pero muy poco de cabezas.

—No tengo ni idea
—admite humildemente.

En vista de que ninguno
de los dos lo sabe,
Pupi se dirige a un hombre
y le pregunta educadamente:

—Oiga, señor,
¿qué tiene usted en la cabeza?

El señor se toca el pelo, preocupado,
y Nachete se echa reír.

    –Por fuera, no; por dentro
–le aclara Pupi.

    Entonces el señor
se enfada mucho con ellos.

    –Os creéis muy graciosos, ¿no?

    Pupi no comprende
por qué le ha ofendido tanto
una simple pregunta,
pero Nachete no para de reírse
y el señor se va echando pestes.

17

Pupi se contagia
de la risa de su amigo,
aunque no sabe de qué se ríe.

–¿De qué os reís?
–les pregunta Coque,
que acaba de llegar.

Nachete le explica lo ocurrido.
A Coque también le da la risa.
Pupi no entiende nada,
pero está encantado
de ser tan gracioso.

–¡Menudo puntazo, Pupi!
–dice Coque dándole una palmada.
     Pupi se siente muy orgulloso:
no es fácil recibir halagos de Coque.
     –¿Tú sabes qué hay
dentro de la cabeza?
–le pregunta, en vista
de que está tan simpático con él.
     –Claro que lo sé, chaval
–responde en plan gallito.

19

–Pues dilo –lo reta Nachete,
que no le cree.

   –Es que no os lo quiero decir.

   –Porque no lo sabes
–insiste Nachete.

   –Sí que lo sé.

   –No lo sabes.

   –Porque tú lo digas.

Coque está rabioso.
No soporta que le lleven la contraria,
así que le da una patada a Nachete.
Este, dolorido, lo empuja,
y Coque se pone a berrear
como si lo estuvieran torturando.

Su tía se acerca corriendo
a defender a su niñito.
   –¿Qué le has hecho, Nachete?
–dice abrazándolo–.
¿Cómo puedes ser tan malo
con tu amigo?

23

Pupi sale en su defensa,
pero, con los nervios,
trabuca las palabras.

–Coque le dio una *patata*
a Nachete en la *tortilla*.

La tía mira a Coque
como pidiéndole una explicación.

–Me estaba chinchando.
Pero yo sí sé
lo que hay en la cabeza, tita,
y tú también.
¿A que sí, a que tú eres
la más lista del mundo?

Si algo sabe hacer Coque,
es camelarse a su tía,
a su abuela y a su madre.
Para eso es el mimadito de la casa.
　　–Pues claro que sé
lo que hay en la cabeza.
Hay ideas, pensamientos, recuerdos;
eso es lo que hay en la cabeza.

–¿Lo veis?
–dice Coque orgulloso,
como si fuera él
quien lo hubiera dicho.

Pero Pupi está tan contento
por la información,
que pasa por alto
su fanfarronería
y le da las gracias a la tía
antes de que vuelva
a sentarse en el banco.

–Hay que pensar algo
–sugiere Pupi.

–A mí no se me ocurre nada
–confiesa Nachete.

–Ni a mí –dice Pupi, fastidiado.

Casi siempre tiene grandes ideas,
pero en este momento
su mente se ha quedado en blanco.

–Yo tengo un montón de ideas
–dice Coque
con una sonrisa maquiavélica.
   Pupi y Nachete lo miran expectantes.
   –Tirar una bomba fétida,
coger lombrices
y asustar con ellas a la gente,
poner la zancadilla...

–Esas ideas no sirven
–dice Pupi imaginándose al del quinto
haciendo todas esas gamberradas.

–Porque tú lo digas
–se envalentona Coque.

–¿No ves que así
el del quinto se convertirá
en un señor muy malo?
–razona Pupi.

–¿Y qué? –replica Coque.

–Que nos hará todo eso a nosotros
–le asegura Nachete.

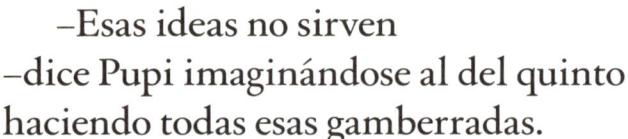

Este último argumento
parece convencer a Coque.
Aunque se haga el duro,
es muy miedoso.

Los tres se quedan pensativos
esperando a ver qué se les ocurre.

—¡Tengo una idea!
¡Una gran idea! —exclama Pupi.

—A ver... —contesta Coque,
al que no le gusta nada
que le roben protagonismo.

–Podemos escribir
palabras bonitas en tiras de papel
y metérselas dentro de la cabeza.

–¿Y cómo se las metemos?
–pregunta Nachete.

–Se las podemos pegar en la cabeza
–sugiere Coque.

–Claro, en vez del pelo
–se anima Pupi–.
Se pondrá muy contento.

Los tres se sienten grandes héroes,
«los salvadores del vecino del quinto».
Quizá hasta salgan en las noticias.
    Así que quedan
para reunirse esa tarde
con las tiras de papel
y un bote de cola.
    Se las pegarán
mientras lee el periódico
en el banco de siempre.

39

Antes de que llegue
el señor del quinto, cada niño lee
las palabras que ha escrito.

Pupi ha puesto: paz, amor, amigos,
azul, flores, tesoro y pasteles.

Nachete ha escrito:
dinosaurios, aventuras,
alegría, besos, risas
y hamburguesas.

Los tres están de acuerdo
en que son palabras estupendas;
en cambio, tienen dudas
sobre las que ha escrito Coque.
    Les parecen bien
juguetes, parque de atracciones
y cumpleaños, pero se niegan a incluir
pedo, caca, culo y pis.

–Pues a mí me molan
–protesta Coque.
    –Pero no se pueden tener
en la cabeza –dice Pupi.

–¿Por qué no?
–Porque huelen mal.
–Tiene razón –lo apoya Nachete.

Coque está a punto
de armar una de sus pataletas,
cuando ven llegar al vecino del quinto.

—Chisss —lo manda callar Nachete.

—¿Qué estáis tramando, diablillos?
—les pregunta.

—Nada —responde Pupi disimulando.

El hombre se dirige a su banco
con el periódico en la mano.
   Los tres amigos se miran nerviosos.
¿Y si no se deja pegar las palabras?
¿Cómo podrán convencerlo
de que es por su bien,
para que no se ponga enfermo?
   –Mejor le lanzamos la cola desde lejos
–propone Coque–. Así pensará
que es una caca de paloma;
un día, a mi tía le cayó una en la chaqueta.

—¿Y quién pega las palabras? —pregunta Nachete.

—Pupi, que salta muy alto —le responde Coque.

En el fondo, está muerto de miedo.
¿Y si ese hombre lo agarra
y se lo lleva a su casa
y lo encierra en un sótano con ratas?
Entonces no volvería a ver
a su mamá, ni a su abuela, ni a su tía.

A Pupi no le importa hacerlo él:
sabe que es una buena acción.

Una vez que llenen
su cabeza de ideas,
ya no se morirá.

Así que, de un salto,
le vacía el bote de cola
en mitad de la cocorota.

El vecino, horrorizado,
se lleva una mano a la cabeza
y mira hacia el árbol
mientras los niños
corren a esconderse.

Pero el del quinto los ha visto
y se ha dado cuenta de que aquello
no es una caca de paloma
porque se le ha pegoteado
toda la mano.
    Muy enfadado,
trata de limpiarse con el periódico
mientras corre tras ellos.
    –Venid aquí, tunantes.
Ya sabía yo
que no tramabais nada bueno.

53

El vecino del quinto
agarra a Pupi por un brazo
y lo eleva a la altura de sus ojos.
Su botón parece una berenjena
de lo asustado que está,
y sus antenas empiezan
a girar descontroladas.
  Entonces,
las tiras de papel echan a volar
como pequeños tornados
hasta posarse en su calvorota colorada.

Gracias a la magia inconsciente de Pupi,
las ideas que han escrito
surten efecto dentro de la cabeza
del señor del quinto.
De pronto se empieza a reír
y a dar botes
como si lo hubieran inflado
con gas de la risa,
y a darle besos a Pupi.
Los niños se miran sorprendidos,
pero celebran el cambio.

57

–Venid, amigos, os invito a pasteles.
Y mañana iremos al parque de atracciones
porque es mi cumpleaños.
Y comeremos hamburguesas.
Y visitaremos el valle de los dinosaurios.
Y viviremos grandes aventuras.
Me siento tan contento...

58

Al día siguiente,
Pupi escucha decir a la vecina
que el del quinto ha perdido la cabeza.

–¡No es verdad! –se indigna–.
Yo se la he visto puesta
y ya no está hueca:
se la hemos llenado de ideas,
por eso ya no está malito.

Las dos empiezan a reírse.
Pupi las mira sin comprender
qué les hace tanta gracia,
y piensa que a veces
es difícil entender
a los terrícolas.

TE CUENTO QUE MARÍA MENÉNDEZ-PONTE...

... de pequeña, estaba convencida de que las personas tenían la cabeza llena de etiquetas con frases, ideas, pensamientos... Ella, además, tenía un ventilador que hacía volar todas esas etiquetas alocadamente, aunque echaba de menos un botón para poder parar y organizar todos esos pensamientos. También le llamaban mucho la atención las frases hechas que decían los mayores y que para ella no tenían ningún sentido, como, por ejemplo, «tiene la cabeza hueca». Desde luego, la suya no lo estaba, y toda esa imaginación, con los años, le ha servido para escribir historias maravillosas, como esta de Pupi.

PUPI, NACHETE Y SUS AMIGOS NO SON LOS ÚNICOS PERSONAJES DE EL BARCO DE VAPOR QUE SE PREOCUPAN POR LA SALUD DE ALGUIEN. A LOS AMIGOS DE AJO 24 24 LES PASA EXACTAMENTE IGUAL EN **EL TREN SALTAMONTES.** Un día se dan cuenta de que el tren no para de saltar, y lo peor de todo es que a lo mejor lo retiran de la circulación. Tienen que hacer algo para ayudarle. Es urgente.

EL TREN SALTAMONTES
Alfredo Gómez Cerdá
EL BARCO DE VAPOR, SERIE BLANCA, N.º 100

¡LA CANTIDAD DE COSAS QUE SE PUEDEN ESCRIBIR EN ETIQUETAS! EN **PUPI Y EL CABEZA HUECA** LAS USAN PARA PONER PENSAMIENTOS BONITOS, Y EN **CONEJOS DE ETIQUETA,** para que la abuela Conejo recuerde quién es cada uno de sus nietos. Lo malo es que, a veces, el viento juega malas pasadas.

CONEJOS DE ETIQUETA
Gabriela Keselman
EL BARCO DE VAPOR, SERIE BLANCA, N.º 105

elbarcodevapor.com